W0351542

Clodomir Mousqueton

IMPRIM'VERT
Votre imprimeur agit pour l'environnement

MIXTE
Papier issu de sources responsables
FSC® C022030
FSC
www.fsc.org

© 2014 Éditions NATHAN, SEJER, 92 avenue de France, 75013 Paris
Loi n° 49-956 du 16 juillet 1949 sur les publications destinées à la jeunesse,
modifiée par la loi n°2011-525 du 17 mai 2011.
ISBN 978-2-09-255011-3
N° éditeur : 10268842 - Dépôt légal : mai 2014
Achevé d'imprimer en octobre 2020 par Pollina (85400 Luçon, France) - 95539

Christine Naumann-Villemin

Clodomir Mousqueton

Illustrations de Clément Devaux

Nathan

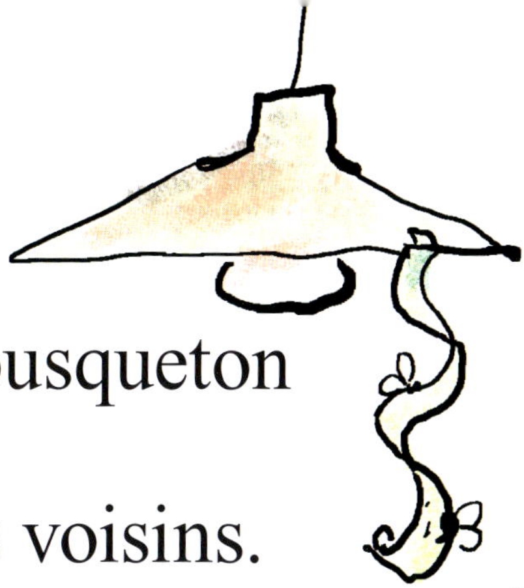

Clodomir Mousqueton

n’aimait pas ses voisins.

Ni leurs enfants.

Clodomir n’aimait rien.

Ni personne.

Sauf son jardin,

son fauteuil à oreilles

et sa télévision.

Un matin, Clodomir trouva un paquet dans sa boîte aux lettres. Il l'ouvrit. C'était un livre. Clodomir n'avait que faire d'un livre !

Il songea à le mettre directement à la poubelle, mais il n'avait rien pour caler la porte de la cuisine qui claquait sans arrêt.

Ensuite, dans la chaleur de midi,
il le trouva assez commode.

Dans l'après-midi, le bouquin lui fut
encore bien utile et, dès le soir,
l'objet était devenu indispensable.

Le lendemain matin, dring,
on sonna à la porte.
– Ho, sacréboudiu de bouloche
en poil, qui ose me déranger alors que
mon feuilleton va commencer ?
Un enfant !

– Heu, bonjour m'sieur. Voilà,
je me présente, je m'appelle Marcel.
On ne vous aurait pas livré
un paquet ? Un livre ?

– Et alors ? bougonna Clodomir.
– Parce que, voilà, c'est une erreur, j'habite à côté et je me demande si le facteur ne s'est pas trompé. J'attendais mon tome 3 des *Aventures dangereuses et fort amusantes d'Alfredine Parfaite*, et…
– Un livre, oui, je l'ai. Mais je le garde. J'en ai besoin… Il repasse ma chemise. Allez, file !
– Mais, mais… protesta l'enfant. Mes *Aventures d'Alfredi*…

Vlan ! La porte était déjà claquée.

Clodomir se rencogna dans son fauteuil et savoura sa tranquillité, tandis que le générique de son feuilleton retentissait.

Mais le vieux fut vite dérangé :
le garçonnet avait collé son nez
à la vitre et lorgnait sur son bouquin
comme si sa vie en dépendait.
Furieux, Clodomir tira les rideaux
d'un geste sec puis se rassit devant
sa télé.

Pendant quelques instants, il put suivre son épisode en toute sérénité, mais il finit par entendre un drôle de bruit au-dessus de sa tête : quelqu'un marchait sur son toit !

Le vieillard sortit en trombe.

– Ho crévidiou ! Descends de là, garnement !

– Jamais sans mon livre !

clama le garçon.

Tout en maugréant, Clodomir
alla chercher son échelle et y grimpa.
– Viens ici, patatoïde ! hurla-t-il.
– Mon bouquin d'abord ! couina
le garçonnet.

Le problème, c'est que Clodomir, avec ses vieux chaussons, n'était pas vraiment équipé pour une expédition sur le toit.

– Je te préviens…

Clodomir ne put terminer. Il se mit à glisser lentement sur la toiture. Le petit se mit à plat ventre et attrapa la main du vieux :

– M'sieur ! Vous allez me le rendre, hein ?

– Jamais ! s'écria le grincheux, juste avant de lâcher prise.

Heureusement, sa chute fut amortie par le tas de fumier qu'il utilisait pour chouchouter son jardinet.

En jurant, le vieux rentra chez lui. Il s'apprêtait à aller se faire couler un bain lorsqu'il aperçut les pieds du gamin qui gigotaient dans la cheminée.

– Au secours, je suis coincé !

– Ho vinguette ! ronchonna Clodomir en se précipitant.

Tandis qu'il tirait le gamin par les baskets, le papi bougonnait :
– C'est-ti pas possible de se mettre dans des états pareils ! Mais qu'est-ce qu'il a donc de si spécial, ce bouquin ?

– Avec ce livre, expliqua le petit d'une voix étouffée, moi, je peux m'aérer la tête…

– Tiens, tu m'en fais une bonne à c't'heure-ci de caboche aérée ! Moi aussi, j'ai besoin d'air !

– Et puis, je peux voyager avec ce livre, aller très loin ! continua l'enfant.

– Des voyages sul' toit, oui !
– En plus, elles me font rire,
les aventures d'Alfredine !
– C'est pas faux, c'que tu dis,
mon p'tiot, il me fait rigoler aussi,
ton bouquin !
– Alors, je peux l'avoir, mon tome 3 ?
osa demander Marcel.

Clodomir se remit aussi sec en colère :
– Non mais je rêve ! Tu cochonnes toute ma maison et tu voudrais que je te récompense !
– Je veux mon livre ! hurla Marcel.
– Tu l'auras pas, un point c'est tout ! Et pour qu'on n'en parle plus, je vais te lire la dernière phrase !
– Nooon, supplia le petit, pas la dernière phrase !
– Si ! Alors, je lis : « Si on mangeait Alfredine ? »
– Non ! cria Marcel. Nooooon ! Alfredine a perdu ! C'est le méchant qui a gagné ! Il a fait dévorer Alfredine par la tribu cannibale des Krokou-Krokous !

Les aventures
dangereuses et

Le petit gars se mit à pleurer
à gros sanglots, inconsolable.
Décidément, pour le feuilleton
de Clodomir, c'était râpé.
– Bon, bon, arrête de chouiner,
fit le vieux, quelque peu embarrassé
car il n'avait pas vu quelqu'un
pleurer ailleurs qu'à la télé depuis
1957. Elle n'est peut-être pas couike,
ton Alfredine !

– Si, elle est morte ! Ouiiiiin !
– Bon, attends, on va vérifier.
Allez, lis-moi ce qui se passe
juste avant.

Le garçon lut fort bien, en mettant le ton :
– Hum, hum… « Le cruel Tulamort jura à Alfredine qu'il se vengerait un jour. Et les terribles Krokou-Krokous l'emmenèrent au fin fond de la forêt, ficelé comme un gigot. Puis le fidèle valet d'Alfredine déboucha une bouteille de champagne et s'exclama :
– Si on mangeait, Alfredine ? »

Marcel battit des mains en constatant le triomphe de son héroïne.
– Tu sais quoi, mon garçon ? fit Clodomir. Commence donc par le début…

Quand Marcel arriva à la ligne 76, le vieux s'installa confortablement dans son fauteuil à oreilles.

À la page 45, il éteignit la télévision. Le gamin lut trois chapitres avant de constater qu'il se faisait tard.

– Ta punition n’est pas finie, lança Clodomir. Reviens demain me lire deux ou trois chapitres.

– Vous ne voulez pas plutôt me rendre mon livre ?

– Ah non ! J’en ai besoin pour écraser les limaces !

Christine Naumann-Villemin

Christine Naumann-Villemin s'est essayée à de nombreuses disciplines : collectionneuse de croûtes de fromages, tricoteuse de fils d'araignées, dentiste pour poules danseuses de french cancan… avant de découvrir que sa passion était l'écriture d'histoires pour les enfants. Logiquement, elle s'est mise à écrire… Elle a trois enfants qui en ont assez de tester ses nouvelles histoires, un vieux chat végétarien et un hamster stupide. Mais elle les aime quand même. Tous.

Clément Devaux

Clément Devaux aime bien dessiner des vieux bonshommes avec des grands nez. Et s'ils ont mauvais caractère, c'est encore mieux. Autant dire qu'il s'est bien amusé avec cette histoire.
En plus de *Clodomir Mousqueton*, Clément a illustré une quarantaine de livres et collabore régulièrement avec la presse jeunesse. Il est le dessinateur de la série BD *Anatole Latuile*, avec Anne Didier et Olivier Muller au scénario.

DÉCOUVRE UN AUTRE TITRE DE LA COLLECTION

premiers romans

H.E.N.R.I. a les oreilles qui bougent

de Yves Grevet
illustré par Jess Pauwels

« Ce matin, juste après la récréation, le directeur est entré dans la classe accompagné d'un nouveau. Il a glissé quelques mots à l'oreille de la maîtresse et nous a souhaité une bonne journée.

– Les enfants, déclare Mlle Estelle, je vous présente Henri. Je vous demande d'être gentils avec lui… Surtout qu'il vient de très loin, et là où il vivait, tout était très différent. Pour l'instant, il ne connaît pas notre langue, mais vous verrez qu'il apprendra vite.

Le nouveau est figé comme une statue. »

Henri a l'air gentil… et un peu bizarre aussi. Et Manon va découvrir qu'il cache un secret extraordinaire…